MATTHES
& SEITZ
& BERLIN
PAPER·
BACK

Anne Weber

IDA ERFINDET
DAS SCHIESSPULVER

Geschichten

Matthes & Seitz Berlin

Tag der geschlossenen Tür

In Idas Land organisiert die Regierung einmal im Jahr für die Jugend der Nation einen Tag der Geschlossenen Tür. Alle Türen der Nation bleiben an diesem Tag zu. Wem es aber dennoch durch allergrößten Zufall gelingen sollte, eine Tür zu öffnen, der stünde augenblicklich vor einer zweiten geschlossenen Tür und so fort. Auf diese Weise werden die jungen Leute von Kindheit an darauf vorbereitet, dass ihnen die Zukunft unwiderruflich verbaut ist.

Als sie klein war, freute sich Ida auf den Tag der Geschlossenen Tür, denn die Schule fiel aus. Heute ist sie es leid, den ganzen Tag zu Hause eingesperrt zu bleiben. Heutzutage dreht sich alles nur noch um die Jugend, beschwert sie sich.

Ida macht Schrumpfköpfe

Die Menschen glücklich zu machen ist eine der großen Aufgaben, die sich Ida gestellt hat. So viel Unglück, so viel Leid, und warum das alles? An welchen Stein stößt es, das Heil der Menschheit? An den Kopf. Der einzig Verantwortliche für unsere Leiden ist der Kopf. Ida ist fest entschlossen, dem Unheil, das diese behaarte Kugel anrichtet, ein Ende zu setzen. Es geht darum, ein für allemal mit diesem für das Glück ungeeigneten Anhang Schluss zu machen. Und das soll folgendermaßen geschehen:

Wählen Sie ein männliches Wesen aus, dessen Kopf minimale Dimensionen vorweist. Nehmen Sie anschließend ein mit denselben Merkmalen ausgezeichnetes menschliches Weibchen. Paaren Sie die beiden miteinander. Aus dieser Vereinigung wird aller Wahrscheinlichkeit nach ein kleinköpfiges Kind hervorgehen, das es seinerseits, sobald es ein kreuzungsfähiges Alter erreicht hat, mit dem Inhaber bzw. der Inhaberin eines besonders kleinen Hauptes zu kreuzen gilt. Auf diese Weise wird sich der Umfang des menschlichen Kopfes allmählich verringern, bis das unheilvolle Organ und damit der Homo sapiens gänzlich verschwunden und vom Homo felix abgelöst sein wird.

Natürlich hat Ida auch die Genmanipulation in Betracht gezogen. Auf diesem Gebiet verschwenden die Wissenschaftler ihre Zeit und ihre Energie damit, Wege zur Herstellung schöner und intelligenter Wesen zu suchen. Darüber verlieren sie völlig aus dem Auge, was eigentlich das Hauptziel ihrer Forschungen sein sollte: die Herstellung glücklicher Menschen. Und das ist undenkbar ohne radikale Beseitigung des Kopfes.

Sobald es Ida gelungen sein wird, die wissenschaftlichen Kreise davon zu überzeugen, so rasch wie möglich mit dem progressiven Schrumpfen der Köpfe zu beginnen, wird sie schon etwas ruhiger atmen können.

Dialog mit einem Stern

Es war Mittag, die Sonne stach. Was machst du denn da?, fragte der Stern Ida. (Ida begriff augenblicklich, dass die Stimme die eines Sternes war – eines zu dieser Tageszeit zwar unsichtbaren, aber sprechenden Sternes. Geben Sie es auf, das verstehen zu wollen. Manchmal hat man eben Eingebungen, die nicht täuschen, Punktum.) Was machst du denn da?, fragte wie gesagt der Stern. Ich beobachte dich nun schon eine ganze Weile, und ich kann beim besten Willen nicht sehen, worauf du hinauswillst. Du kommst, du gehst, du rührst an Herzen und an Salatblättern und in Töpfen, du fährst weg mit dem Bus, du kommst mit der Metro wieder zurück, du öffnest mehrmals täglich den Briefkasten, du kaufst ein halbes Baguette, du guckst ins Leere, du blätterst im Telefonbuch, du kommst du gehst du kommst du gehst. Ich kann dir versichern, dass man sich von hier aus gesehen auf dieses ganze Hin und Her beim besten Willen keinen Reim machen kann. Ich hoffe, Sie nehmen es mir nicht übel, antwortete Ida (um den Stern zu duzen, war sie zu eingeschüchtert). Aber von der Erde aus gesehen hat das, was Sie da oben treiben, auch nicht gerade viel Sinn. Der Stern war verärgert und verstummte.

Ida erfindet das Schießpulver

Ida sitzt mit gekreuzten Beinen auf einer Parkbank und denkt darüber nach, wie sie am besten die Erde in die Luft sprengen könnte. Da muss zunächst einmal eine Wahl getroffen werden zwischen Dynamit, Nitrobenzol, Dinitronaphtalin, Nitroglycerin, Hexogen, Trinitrotoluol oder eine Mischung aus all dem hergestellt werden. (An die Atombombe braucht man, wenn man nicht gerade eine Industrienation ist, gar nicht erst zu denken.) In einem Fachbuch hat Ida gelesen, man brauche ungefähr zehn Kilo Sprengstoff, um ein Gebäude mittlerer Größe in die Luft zu jagen. Die nächste Frage ist, wie viele Gebäude mittlerer Größe es wohl auf der Erdoberfläche geben kann. An dieser Stelle verliert Ida fast den Mut, denn sie muss feststellen, dass es hierauf keine sichere Antwort gibt. Die mittlere Ausdehnung menschlicher Behausungen, von der Hütte bis zum Wolkenkratzer, ist eine der am wenigsten greifbaren Größen, einer der unsichersten Werte, eine der schlimmsten Quellen der Beunruhigung, die es nur gibt.

Gehen wir logisch vor, sagt sich Ida, um sich Mut einzuflößen. Besser ist es, großzügig zu rechnen, als das Risiko einzugehen, das Ende der Welt zu verpatzen. Sie geht von einer Durchschnittszahl von fünfzig Personen pro Gebäude aus. Das bedeutet, hundert Millionen Gebäude müssen in die Luft gesprengt und eine Million Tonnen Sprengstoff aufgetrieben werden. Das ist kein Pappenstiel. Zumal sie sich nicht mit der Sprengung der Gebäude begnügen kann. Auch an die Straßen, Brücken, Tunnel, Berge, Felder, Laternen, Seen und Ozeane will gedacht sein. Wie sprengt man einen Ozean in die Luft?

Ida sitzt auf ihrer Parkbank und weiß sich keinen Rat.

Als Gott Ida schuf

Als Gott Ida schuf, füllte er ihr Hirn mit allem möglichen unnützen Zeug, von dem sie später nur wenig Gebrauch machen sollte. So hat Ida eine Menge Talente, von denen keiner je etwas merkt. Sie kann flache Steine auf dem Wasser springen lassen, sie kann auf Brückengeländern spazieren gehen, sie kann rückwärts lesen, Spiegel durchqueren (manchmal), mit einem Grashalm pfeifen und selbst sehr dicke Bäume umarmen. Und damit nicht genug. Als Er ihre ohnehin schon mit nutzlosen Talenten vollgestopfte Hirnschale zuklappte, vergaß der liebe Gott zu allem Unglück einen apfel-grünen, übrigens recht netten Frosch darin. Stellen Sie sich Idas Überraschung vor, als sie aus der Vollnarkose erwachte und feststellte, dass ihr Gehirn neben dem ganzen anderen Kram auch noch einen Frosch barg. Sie müssen zugeben, dass sie einigen Grund hatte, den Kopf hängen oder, besser noch, neu anfertigen zu lassen, aber der liebe Gott war schon anderweitig beschäftigt, und wahrscheinlich hätte er ihre Bitte ohnehin in die falsche Kehle bekommen. Man darf von diesen Leuten nicht zu viel verlangen. So gab sich Ida mit der Situation zufrieden.

Wegtreten bitte

Ida steht an ihrem Fenster. Sie wüssten nicht zufällig, welche Richtung am besten einzuschlagen wäre?, fragt sie ein Passant, aber Ida weiß an diesem Morgen so gut wie nichts. Der Passant merkt, dass er Ida in Verlegenheit gebracht hat, und will sich schon höflich aus dem Staub machen, aber vor lauter Eile stolpert er über die eigenen Füße, verheddert seine Beine und schließlich den Rest seiner ellenlangen Gliedmaßen. Das Ergebnis ist eine kompakte, knotige Kugel, ein Knäuel aus Armen und Beinen, in dessen Mitte sich offenbar der Kopf befindet. Ida ist erleichtert. Ihr in seinem jetzigen Zustand noch weitere blöde Fragen zu stellen oder sie gar um Hilfe zu bitten, wird der Passant einige Mühe haben. Aus dem Knäuel kommen unverständliche Geräusche. (Anscheinend weiß der Mensch selbst in den widrigsten Lebenslagen immer noch etwas zu sagen.) Ida tut so, als höre sie das Geplapper nicht. Sie hat langsam die Nase voll von diesem Kerl, der partout nicht wegrollen will, obwohl seine jüngste Verwandlung ihm das erlauben würde. Wegtreten bitte, sagt sie, denn Ida hat ein Herz aus Granit. Der Passant will beim besten Willen nicht verschwinden, schafft es aber, seine Hände aus dem Knäuel zu befreien.

12

Nicht, dass er so besonders intelligent aussähe, aber immerhin gelingt es ihm, sich mit Hilfe seiner zehn Finger schlecht und recht fortzubewegen. Leider führen seine Bemühungen lediglich dazu, dass er in den Rinnstein rollt. Ich hoffe, Sie rechnen nicht damit, dass ich Ihnen aus der Patsche helfe, sagt Ida und schließt das Fenster. Irgendwann hat jedermanns Geduld ein Ende, oder?

Idas Ausgrabung

In der guten Gesellschaft treffen sich all diejenigen, die die Welt für zu groß und zu dicht bevölkert halten. Die gute Gesellschaft hatte mehr als genug von der Gesellschaft der anderen und von dem Gedränge, das unweigerlich Dreck macht und mehr oder weniger ansteckende Krankheiten mit sich bringt. Also beschloss sie, unter sich zu bleiben. Ida ihrerseits ließ sich schon seit Jahren täglich von der kommenden und gehenden Menschenflut all derer durchkneten, die sich abrackern um jeden Preis, sich von den Lichtwellen des Fernsehers einschläfern lassen, ruhen wachen ruhen wachen ohne Unterlass, und von einer guten Gesellschaft wusste sie nichts. Als sie zum ersten Mal davon hörte, glaubte sie zunächst, es handele sich um eine Art Asyl oder Ruhesitz, was ja alles in allem nicht weit von der Wahrheit entfernt ist. Da aber Ida von der Wahrheit noch nie etwas gehört hatte, dachte sie nicht weiter darüber nach. Morgens ließ sie sich von der dichten Menschenmenge um sich herum leicht anheben und zur Arbeit tragen. Abends ließ sie sich von der dichten Menschenmenge um sich herum leicht anheben und wieder nach Hause befördern. Von irgendeiner Gesellschaft war weit und breit nichts zu sehen.

14

Doch Ida sollte die Gesellschaft (die gute) kennenlernen, und zwar in Gestalt eines besonders unternehmungslustigen Unternehmers. Dieser setzte sich in den Kopf, Ida aus der menschlichen Gallertmasse, in der sie gefangen war, herauszuholen und sich mit ihr in der guten Gesellschaft zu zeigen. Bulldozer, Schaufellader, Kräne, Greif- und Schwenkbagger wurden angefahren. Die kostspieligsten Mittel wurden in Betracht gezogen und sogleich auch benutzt. In Idas unmittelbarer Umgebung gab es mehrere Tote. Manch einer erstickte, ertrank oder erlag sonstigen Folgen der wenig behutsamen unternehmerischen Behandlung. Nach monatelangen hartnäckigen Bemühungen war Ida schließlich freigelegt.

Ida in der guten Gesellschaft

Wo bin ich?, fragte Ida. Leoparden, Chinchillas, Schwäne und Krokodile beugten sich über ihre Wiege, aber da sie noch nie im Zoo gewesen war, erkannte sie niemanden. Aber ja doch, meine Liebe, sagte ein Pfau, wir sind einander schon begegnet, erinnern Sie sich nur. Übrigens, wollen Sie nicht eine Auster probieren? Machen Sie sich meinetwegen keine Umstände, erwiderte Ida, die auf keinen Fall zugegeben hätte, dass sie für den Verzehr ganzer lebender Tiere, Magen und Darm inbegriffen, nicht zu haben war. Nun stellen Sie sich doch nicht so an, sagte ein Journalist, der in ihren Gedanken gelesen hatte. Sie essen doch auch ganze Fische, solange sie klein und niedlich sind. Na ja, murmelte Ida, aber nur ganz selten und ohne hinzuschauen, damit ich ihre vorstehenden Augen nicht sehe. Und was ist mit Kindern?, fragte der Journalist. Die essen Sie ja wohl auch. Sagen Sie bloß nicht, dass Sie zum Aperitif keine Kinder nehmen? Doch, doch, entgegnete Ida, die um keinen Preis für eine dumme Gans gehalten werden wollte. Natürlich. Aber das ist etwas ganz anderes.

In diesem Augenblick brach ein Marder in schallendes Gelächter aus, was Ida als Neuankömmling natürlich auf sich bezog. Aber dann tanzte sie Salsa mit einem aus Neuseeland gebürtigen Hummer, und eine Zeitlang schien alles bestens in Ordnung zu kommen. »Alles schien bestens in Ordnung zu kommen« ist jedoch leider gleichbedeutend mit »irgendwann ging alles endgültig schief«. Die gute Gesellschaft ist so beschaffen, dass sie die Besten schonungslos zuerst hinauskatapultiert. So erging es Ida. Zwar war sie nicht die Erste, die gezwungen war, in das triste Milieu zurückzukehren, aus dem sie gekommen war, aber das ist letztlich auch kein Trost.

Herzklopfen und Herzschweigen

Ida hat kein Herz. Zumindest kann sie sich nicht erklären, wo es denn sein sollte, wenn sie eines hätte, denn es schlägt nicht. So gut wie nicht. Wenn es aber mal schlägt, dann richtig. In einer Minute verbraucht es plötzlich mehr Energie als zuvor in einem Jahr. Trommelwirbel. Donnersalven. Dann wieder herrscht Totenstille. Idas Puls zu messen ist für die Ärzte keine Kleinigkeit. Es ist ungefähr, als wollte man den Puls eines Orkans messen. Oder dreitausend Meter unter Wasser einen Sonnenstrahl erhaschen.

Im Durchschnitt schlägt Idas Herz genau in dem ärztlich verschriebenen Tempo. Zweiundsiebzig Pulsschläge pro Minute, ein Wunder an Gleichgewicht. Wie gut die Natur doch alles eingerichtet hat.

Vorsicht, Vorsicht

Manche Wörter flößen Ida größtes Misstrauen ein. Was Begriffe angeht, die Empfindungen ausdrücken sollen, wie »ergreifend«, »erschütternd« oder deren Varianten »ergriffen« und »erschüttert«, hat sie zum Beispiel Folgendes bemerkt: Entweder ist man ergriffen bzw. erschüttert, und in diesem Fall benutzt man diese Wörter nicht. Oder man benutzt sie, und hier eröffnen sich erneut zwei Möglichkeiten: Entweder spricht man von einer Empfindung bzw. Erschütterung, die der Vergangenheit oder der Zukunft angehört und einen also nicht mehr oder noch nicht trifft, zumindest nicht genug, um einen zum Schweigen zu bringen. Oder aber es geht um eine aktuelle Empfindung bzw. Erschütterung, und wiederum bietet sich eine Alternative an: Es kann sich um das Gefühl eines anderen handeln, und man selber ist nur der Berichterstatter – eine recht fragwürdige Position, aber im Interesse der Beweisführung wollen wir so tun, als wäre sie zu rechtfertigen. Es kann sich aber auch um eine Empfindung handeln, die man selbst zu verspüren vorgibt, und in diesem Fall ist man ein jämmerlicher Lügner. Woraus sich schließen lässt, dass eine die Wörter »bewegend« oder »erschütternd« aus-

sprechende Person mit großer Wahrscheinlichkeit ungefähr so erschüttert ist wie Herr Meier vor den 20-Uhr-
Nachrichten oder ein Goldfisch in seinem Aquarium.

Letztlich, sagt sich Ida, ist die Statistik der einzige
Weg, der den Wörtern innewohnenden Heuchelei auf
die Spur zu kommen.

Röntgenblick

Es gibt Blicke, die einen ausziehen. Andere, wie Idas, ziehen einem die Haut ab, als schälten sie einen Apfel, und gehen geradewegs auf das Wesentliche zu.

Ida schält die Menschen, und die Menschen lassen sich von Ida schälen. Was sollten sie auch weiter tun, um sie daran zu hindern? Die meisten ahnen noch nicht einmal, dass sie einen stechenden Blick hat. Zu Anfang sieht sie die anderen wie Sie und ich mit ihrer Verpackung. Dann nehmen ihre Augen einen Längsschnitt vor, etwa wie die Anatomieabbildungen in Enzyklopädien, auf denen zunächst nur eine blonde nackte Frau zu sehen ist. Blättert man dann die Folie um, sieht man dieselbe junge Frau (das Gesicht mit der altmodischen Frisur ist unverändert geblieben), diesmal nur mit ihren Blutgefäßen bekleidet. Eine Folie weiter ist die Blondine immer noch da, unbeteiligt lächelt sie über ihren sorgfältig freigelegten, sich aneinanderschmiegenden Organen. Zum Schluss geht es an die Enthäutung des Gesichts. Umgeben von immer derselben dauergewellten Frisur kommen nun die zwei Hälften des Hirnes zum Vorschein und das Rückgrat, das hinaufführt bis in die Höhe der Nasenhöhlen, dort, wo eigentlich niemand ein Rückgrat erwarten würde. Außer Ida.

Sobald das Knochengerüst ihres Gegenübers freigelegt ist, hat Ida den nicht zu unterschätzenden Vorteil, es mit einem liebenswürdigen und lächelnden Geschöpf zu tun zu haben. All ihre Zeitgenossen zeigen sich auf diese Weise von ihrer besten Seite. Wie Sie wohl auch schon festgestellt haben, verbirgt lediglich eine dünne Hautschicht das Lächeln, das dem Menschen bei seiner Geburt geschenkt wurde, um ihn sein Leben lang und darüber hinaus nicht mehr zu verlassen. In seiner elementaren Form, d. h. als Skelett, stellt auch der grämlichste Mensch ein breites und aufrichtiges Lächeln zur Schau. Man soll eben dem Schein nicht trauen.

Luftverkehr

Bei schönem Wetter steigt Ida gerne auf eine Seifenblase und unternimmt eine kleine Reise. Bei Regen nimmt sie lieber innen Platz und sieht Bäume, Autos und Häuser in allen Regenbogenfarben schillern. Ihr ist aufgefallen, dass die Leute einen gleich ganz anders anschauen, wenn man sich per Seifenblase fortbewegt. Weniger boshaft, könnte man sagen. Erinnert der Seifenblasenreisende sie an ihre Kindheit? Finden sie es lustig, ihn rittlings auf seinem ungewöhnlichen Fahrzeug sitzen zu sehen? Die Frage bleibt offen.

Kaum hat sich Ida bequem niedergelassen, gleitet sie auch schon zunächst langsam, dann immer schneller in die Richtung ihrer Wahl. Bald schwebt sie über den Wolken, bald knapp über den Köpfen der Gehenden. So manches Land und so manchen Himmelsstrich hat sie schon auf diese Weise besucht.

Den Vorzügen dieses Verkehrsmittels zum Trotz entscheiden sich die meisten Menschen, was ihren persönlichen Gebrauch angeht, für Stahlgehäuse, die sie für schneller und stabiler halten. Sie irren. Nichts schießt so schnell durch die Lüfte, nichts hält so gut Erschütterungen aus wie eine Seifenblase. Mühelos durchquert sie Gewitter und Wirbelwinde, und selbst Hagel kann ihr nichts anhaben. Sie kann bis auf die Größe Notre-Dames anwachsen oder zu den Ausmaßen einer Erbse zusammenschrumpfen. In ihrer Seifenblase oder darauf hat Ida schon manchen Sturm durchgemacht. Selbst dem Schrot der Jäger ist sie entkommen, damals, als sie sich bis in den Wald von Fontainebleau vorgewagt hatte.

Zielstrebigkeit

Ida sitzt auf dem Balkon. Aufrecht wie ein i läuft eine flaumige Feder auf dem Geländer vorbei. Ida nähert sich. Die Miniaturflagge wird von einer Ameise emporgehalten, deren aberwitzigen Sprint bald ein unsichtbares Hindernis aufhält. Ida betrachtet die von dem winzigen Fahnenträger zurückgelegte und die noch zurückzulegende Strecke. Unzählige Ameisen eilen mit größter Überzeugung das Geländer entlang, die einen von rechts nach links, die anderen, nicht weniger entschlossen, in die entgegengesetzte Richtung. Ida setzt sich wieder. Lange betrachtet sie die parallelen Rennstrecken, auf denen eigensinnige kleine Wesen ein unklares Ziel verfolgen, die Feder, die auf halber Strecke stehen geblieben ist. Man könnte wirklich meinen, sie wissen, wo sie hinwollen, sagt Ida.

Die Zukunft des Handels

Im Bereich des Einzelhandels hat Ida eine Marktlücke entdeckt, deren Bedeutung man wahrscheinlich erst im Laufe des nächsten Jahrhunderts wird abschätzen können. Es handelt sich um den Verkauf (zu ermäßigten Preisen) von Nahrungsmitteln, deren Verfallsdatum abgelaufen ist. Dank der anwachsenden mittellosen Bevölkerungsschichten kann sich diese Art des Handels schon im Voraus großer Nachfrage gewiss sein. So könnte man sich zum Beispiel Bäckereien vorstellen, die sich auf altbackenes Brot spezialisiert haben, Metzgereien, die ausschließlich verdorbenes Fleisch erster Qualität anbieten, und Gemischtwarenhändler, bei denen es nur verfaultes Gemüse und angeschlagene Früchte gibt. Auf diese Weise könnten selbst bescheidene Haushalte mühelos ihre Ausgaben bestreiten. Sogar an das Überflüssige hat Ida gedacht. In ihrer alternativen Vertriebskette gäbe es noch sehr ansehnliche, fahrunfähige Autos zu kaufen, aus der Puste gekommene Staubsauger, blinde Fernseher, taubstumme Telefone und für die Angeber unter den Armen sogar Privatjets, die nicht mehr abheben.

Dank der wachsenden Zahl der Armen auf der Welt entsteht eine neue Wirtschaftsbranche.

Die Industriellen werden künftig mehr und mehr in verfaulte und kaputte Waren investieren. Ida ist stolz darauf, ihr Land für den großen Markt des 21. Jahrhunderts erschlossen zu haben.

Verwunderung

Oft fragt sich Ida, ob die anderen sich auch wundern. Sie stehen auf, waschen sich, arbeiten, schlafen miteinander, kaufen Autos, spielen Boccia, und das alles scheinen sie für die normalste Sache der Welt zu halten. Oder nicht? Ida gelingt es nicht, sich eine ordentliche Meinung dazu zu bilden. Falls sie sich wundern, gelingt es ihnen auf jeden Fall bestens, es nicht zu zeigen, so viel steht fest. Aber sieht man mir vielleicht meine Verwunderung an?, fragt Ida sich. Also. Kann man daraus auf eine allgemeine Verwunderung schließen? Ida ist unschlüssig. Wie soll man herausfinden, ob andere auch an akuter Verwunderung leiden, wo doch die Sprache ungeeignet ist, über das Staunen Aufschluss zu geben? Finden Sie nicht, fragt Ida manchmal ihre Mitmenschen, dass dieser wechselnde Himmel etwas Unglaubwürdiges hat? Die Natur, wie sie gleichmütig wächst und stirbt, die menschlichen Fleischmassen, die einander streicheln und quälen, die Tasse mit dem getrockneten Bodensatz, die Fliege, die mit ihren Vorderpfoten in die Luft trommelt, während über unseren Köpfen Vögel kreuzen und Satelliten?

Das muss man gesehen haben, um es zu glauben, antworten die anderen, aber Ida kann so viel sehen, wie sie will, sie kann sich trotzdem nur wundern.

Frau Ida Holle

Ida besitzt eine Sammlung alter Lappen, die sie gewohnheitsmäßig am Fenster ausschüttelt und so wirklicher und, je länger sie schüttelt, imaginärer Krümel entledigt.

Eines Tages – Ida war dabei, mit Methode einen dreckigen alten Stofffetzen zu schütteln – stellte sie fest, dass sie beobachtet wurde. Auf der anderen Seite des Hofes hatte eine Frau den Blick starr auf sie gerichtet. Die hält mich wohl für verrückt, sagte sich Ida, denn plötzlich sah sie sich mit den Augen der anderen. Dabei mache ich doch nur Schnee. Ist ja wohl nichts Besonderes dabei, dass es mitten im Januar schneit. Warum sieht sie mich so verdutzt an?

Die Frau ließ tatsächlich Ida nicht aus den Augen, wie sie unentwegt mit großer Sorgfalt den Lappen am Fenster ausschüttelte. Zwischendurch hatte es angefangen zu schneien. Dicke Schneeflocken fielen langsam zu Boden, so langsam wie Gänsefedern.

Von gegenüber blickte die Frau durch den Schneevorhang auf Ida.

Das große Reinemachen

Einmal im Jahr lässt Ida all ihre Freunde an ihrem geistigen Auge vorüberziehen und merkt bei dieser Gelegenheit, dass sie keine hat. Nun geht es ihr auch nicht schlechter als vorher. Manchmal trifft sie sich mit Leuten, die keine Freunde sind. Sie streicht all diejenigen unter ihnen, mit denen sie aus den falschen Gründen verkehrt (die einen schmeicheln ihr, bewundern sie, geben ihr das Gefühl, jünger oder älter oder intelligenter oder dümmer zu sein, als sie ist, die anderen gefallen ihr, weil sie ihr unähnlich oder ähnlich oder Gott weiß was sind). Ida bleibt allein. Sie ist erleichtert, denn sie mag keine Gesellschaft. Nicht zu glauben, was sich in einem Jahr an gesellschaftlichen Verpflichtungen ansammelt. Um dem Abhilfe zu schaffen, gibt es nur eine Lösung, und die besteht darin, sämtlichen Bekannten die Bekanntschaft zu kündigen. Beim letzten großen Reinemachen hat sich Ida gleich mit zum Teufel gejagt. Sie hatte entdeckt, dass sie aus den falschen Gründen mit sich verkehrte. Sie hegte tatsächlich die Hoffnung, früher oder später Profit aus dieser Beziehung zu schlagen.

Die alten Männlein im Bade

Eines Tages überraschte Ida zwei alte Männlein im Bade. (Ida hat eine Schwäche für alte Männlein, woraus man aber noch lange nicht folgern kann, dass sie mit Vorbedacht handelte.) Sie plätscherten im Seifenschaum, spritzten sich Wasser ins Gesicht, glucksten wie die Schulmädchen und veranstalteten einen Schwimmwettbewerb mit ihren Plastikenten. Es war wirklich hübsch anzuschauen.

Aus ihrem Versteck im Gebüsch beobachtete Ida gerührt das Bild, das sich ihr bot, und eine nicht zu bändigende Leidenschaft überkam sie für die beiden alten Männlein. Der eine war glatzköpfig, der andere zahnlos. Ida war in beide vernarrt.

Die beiden Greise merkten nicht gleich, dass Ida zu ihnen in die Badewanne stieg, denn sie waren etwas taub und kurzsichtig. Bevor sie auch nur papp sagen konnten, hatte Ida sie auch schon in die Arme geschlossen. Gerade war sie dabei, liebevoll die pergamentenen Hände und Wangen zu küssen, als die beiden Alten anfingen, um Hilfe zu rufen. Ida war zwar verliebt, aber doch etwas eingeschnappt. Noch nicht einmal ein bisschen mit alten Männlein schmusen darf man mehr, was? Nicht mal mehr das? Wo soll das noch hinführen?

Ich weiß nicht, wohin du diese Herren führen wolltest, sagte ein junger Polizist, der gekommen war, den beiden Alten beizustehen. Erstmal kommst du mit aufs Revier.

Na hören Sie mal, wandte Ida ein, Sie denken doch wohl nicht, ich wollte den beiden etwas antun. Sehen Sie denn nicht, wie lüstern die Kerle aussehen? Ganz unrecht hatte sie nicht, und irgendwie musste sie sich ja schließlich aus der Patsche helfen. Der Polizist ging weg.

Als sie wieder allein mit den beiden Objekten ihrer Begierde war, wurde Ida derart von ihren Gefühlen und dem Seifenwasser überschwemmt, dass ihr jeglicher Sinn der Mäßigung abhandenkam. Unter ihren Liebkosungen und Küssen ging den alten Männlein bald der Atem aus, und innerhalb kürzester Zeit führten Idas stürmische Zuwendungen bei den Greisen zu völligem Atemstillstand. Das hatten sie nun davon. Was muss man auch ab einem gewissen Alter noch Schaumbäder nehmen.

Von der Geschwindigkeit in der Ehe

Am Fenster stehen und die Menschen vorübergehen sehen ist Idas Hauptbeschäftigung. Sie legt ein dickes Kissen auf das Fensterbrett und stützt sich darauf. Wenn sie es sich erst mal bequem gemacht hat, kann sie stundenlang stehen bleiben, ohne sich zu rühren.

Eines Morgens sah sie ein sportliches junges Paar mit einem Baby vorbeiziehen. Der Mann war groß und kräftig und mit einer Baseballmütze auf dem Kopf auf die Welt gekommen (Kaiserschnitt). Seine Gefährtin war Claudia Schiffer in einer hässlichen Ausgabe.

Als Ida die kleine Familie zum ersten Mal bemerkte, lief der Familienvater mit Riesenschritten voran. Das Kind trug er in einem metallenen Babygerüst auf dem Rücken. Die Frau stolperte hinterher. Als Ida das Musterpärchen wiedersah, war der Vater mit seinem morgendlichen Jogging beschäftigt, wobei er mit beiden Händen den Kinderwagen vor sich her schob. Sein Vorsprung hatte sich eindeutig vergrößert. Ziemlich missmutig lief die Mutter hinterher und versuchte, sich nicht völlig abschütteln zu lassen.

Ungefähr sechs Monate später sah Ida die Familie wieder. Der Papa fuhr auf einem Mountainbike vorweg, an dem hinten mit Hilfe zweier Stangen ein Kinderrädchen befestigt war. Der mittlerweile schon recht große Kleine strampelte eifrig. In einiger Entfernung schnaufte schimpfend die Mutti hinterher.

Komisch, dachte Ida. Laufen lernen Kinder wohl heutzutage gar nicht mehr. Vielleicht ist das Gehen aus der Mode gekommen?

Wie dem auch sei, am nächsten Tag sah Ida die jungen Eltern wieder. Sie hatten ihr Geschwindigkeitsproblem zu beiderseitiger Zufriedenheit gelöst, indem sie den Jungen in Nabelhöhe entzweigesägt hatten. Wie zu erwarten war, hatte der Vater die Beine behalten, während die Mutter sich mit dem Oberkörper und dem blonden Lockenköpfchen zufriedengegeben hatte. Womit wieder einmal bewiesen wäre, dass eine Ehe nur dann glücklich sein kann, wenn beide Teile hin und wieder zu einem kleinen Kompromiss bereit sind.

Wie spricht man mit einem Wasserspeier?

Die Frage ist es wert, dass man sie sich stellt. Wenn man einem Wasserspeier begegnet, ist man begreiflicherweise eingeschüchtert und scheut sich, ein Gespräch anzufangen. Man müsste schon ein bisschen im Voraus darüber nachdenken, gemeinsame Interessen ausfindig machen, eine passende Sprache erfinden. Zu Beginn kann man sich natürlich gluckernd verständigen, aber schnell ist man mit seinen Argumenten am Ende.

Die Wasserspeier strecken dem Himmel die Zunge heraus und spucken auf die Menschen. Ihre Köpfe sind aus den Schultern geschnellt und schweben fassungslos in der Leere. Die Wasserspeier strecken den Hals, als wollten sie sich den Kopf ausreißen. In größter Spannung bleiben sie reglos hängen, eine ohnmächtige Strichlinie zwischen Himmel und Erde. In ihren Augenhöhlen und klaffenden Mäulern lebt ein stummer Schreck, dem weder Brand noch Erosion etwas anhaben.

Der tragische Ausdruck, den die Wasserspeier gerne annehmen, verleitet nicht gerade dazu, mit ihnen zu plaudern, könnte man glauben. Das hieße aber, Ida schlecht zu kennen. Ida würde ungerührt mit einem aus Sing Sing entflohenen Massenmörder plaudern oder mit einem bengalischen Tiger, der seit drei Tagen mit nüchternem Magen umherläuft. So verwundert es nicht, dass sie, als sie eines Tages auf einen schweinsköpfigen Wasserspeier stieß, ihn fragte, wo es denn zum Pizza Hut gehe. Kommen Sie doch einfach mit, ich will auch gerade hin, antwortete der Wasserspeier, und sie waren glücklich und hatten viele Kinder.

Menschenrechte

Ida steht in der Küche und sortiert Abfälle: Glas, Papier, Plastik, Batterien. Erst jetzt, wo uns der Müll bis zum Hals reicht, fangen wir in dieser kleinen Ecke der Welt an, ihn auseinanderzuklauben, überlegt sie sich, während sie die Deckel von den Flaschen schraubt. Dabei hätte die Höflichkeit schon seit Jahren die Müllsortierung geboten. All diejenigen, die in unseren Mülleimern nach etwas Essbarem wühlen, hätten liebend gerne ein bisschen Ordnung in unseren Abfällen gefunden. Hätte man nicht die Speisereste schon lange in Fleisch, Fisch, Gemüse und Früchte unterteilen sollen? Vor mehr als zweihundert Jahren haben wir entdeckt, dass der Mensch Rechte und eine Würde besitzt. Ist es nicht demütigend, in Mülleimern graben zu müssen, in denen eine leere Sauerkrautdose auf dreckigen Windeln liegt und ein Paar ausgelatschte Turnschuhe auf einem Bett aus welkem Kopfsalat? In einer modernen und menschenfreundlichen Gesellschaft wie der unseren müsste sich ein Obdachloser sagen können: Heute würde ich gerne ein paar Hähnchenknochen ablutschen. Oder: Zum Nachtisch spendiere ich mir heute eine Apfelgrütze. Er bräuchte dann nur den entsprechenden Mülleimer zu öffnen und fände dort alles, was sein Herz begehrt. Warum hat daran noch niemand gedacht? Ida ist entrüstet.

Der Tanz der toten Hosen

Es war im August. Ida verbrachte den Sommer bei ihrer Großmutter auf dem Land. Morgens stand sie auf, abends legte sie sich zu Bett. Zwischendurch passierte nichts. Aber auch wirklich gar nichts. Irgendwelche Kleinigkeiten vielleicht? Die Art netter Kleinigkeiten, die das Leben angeblich ausmachen? Nein, auch keine Kleinigkeiten. Gar nichts. Gut.

Der Abend glich allen anderen Abenden, was an sich nicht weiter erstaunlich ist, denn die denkwürdigen Ereignisse schwimmen meistens auf stillen Zeitgewässern daher, wenn sie nicht gerade bei künstlichem Wellengang heimlich anlegen.

Also. Bevor sie zu Bett ging, öffnete Ida das Fenster ihres Zimmers, von wo aus man den Blick auf den Dorfplatz hatte. Zwei Straßenlaternen tauchten den Springbrunnen und dessen dünnen Wasserstrahl in gelbes Licht. Da erblickte Ida die toten Hosen.

Es waren ihrer mehr als zwanzig Stück. Im Tangorhythmus tanzten sie um den Brunnen herum. Da war eine durchlöcherte Jeans, die wohl schon einige Kochwaschgänge hinter sich hatte. Da waren breitgerippte Cordhosen, die wie Arbeiter nach Feierabend taten, helle, arrogant knitternde Leinenhosen, Flanellhosen mit makelloser Bügelfalte. Alle warfen sie lustig die Beine in die Luft, hängten sich fröhlich in ein benachbartes Hosenbein ein, drehten sich immer schneller um sich selbst.

Ida hatte plötzlich den Einfall, im Schrank nachzusehen, ob ihre Hosen sich vielleicht auch aus dem Staub gemacht hatten. Und tatsächlich: Keine einzige Hose war mehr im Zimmer. Bald erkannte Ida unter den Tänzern ihre alten Jeans und ein kurzes Höschen, dem es gelungen war, sich zwischen die Großen zu mogeln.

Unermüdlich und stumm tanzten die toten Hosen bis zum Morgengrauen. Als Ida am nächsten Morgen aufwachte, lagen ihre Jeans auf dem Stuhl. In Kniehöhe waren die Beine hinten verknittert, vorne ausgebeult. Wie ein Ball, aus dem man die Luft herausgelassen hat.

Man braucht ihnen nur den Rücken zuzukehren, schon schlagen die Hosen über die Stränge.

Ida begründet eine neue Religion

Der Zufall macht sich über uns lustig, hat Ida in einer wissenschaftlichen Zeitschrift gelesen. (Da staunen Sie, was? Doch, doch, Ida liest manchmal wissenschaftliche Zeitschriften.) Ida ist verblüfft. Man kann das Unheil herausfordern und die Obrigkeiten und den Zorn der Götter – den Zufall nicht. Zwar hat die Informatik hochkomplizierte Mittel erfunden, ihn nachzuahmen, und diese Mittel funktionieren auch bis zu einem gewissen Grade. Aber der Zufall in seiner Quintessenz lässt sich mit Gesetzen und Statistiken nicht fassen.

Später einmal will Ida die Religion des Zufalls begründen. Sie soll der Glaube der Auflehnung sein und der nie endenden Möglichkeiten. In dem Königreich der Ungewissheit, das kommen wird, soll das Leben jedesmal, wenn die Würfel fallen, einen neuen Anlauf nehmen. Die Wahrscheinlichkeit, dies alte Idol aller berechnenden Bewohner dieser Erde, soll endlich abgeschafft werden. Das Rätsel soll siegen, und Geburt und Tod sollen Tag für Tag neu erfunden werden.

Missglückte Integration

Ida sitzt in der Metro. Mit stolzer Gelassenheit hat sich ihr gegenüber eine von Kopf bis Fuß in gelbe Spitzen drapierte Königin aus Mali niedergelassen. Sie sieht gerade vor sich hin, massig und imposant, ohne auf das kleine Mädchen neben sich zu achten, das fast nur aus Augen und überlangen Armen und Beinen besteht – ihre Tochter.

Links neben Ida, also dem kleinen Mädchen gegenüber, hat eine Fixerin Platz genommen, deren Finger und Fußzehen mit Pflastern umwickelt sind. Ohne Unterlass zieht sie aus ihrer Handtasche kleine Schminkutensilien, die sie nach Benutzung wieder zurücksteckt. Ihre geschwollenen Finger sind ständig dabei, eine Haarsträhne zurechtzuzupfen, den Kragen der Bluse glattzuziehen, Fädchen vom Rock wegzupicken. Plötzlich hört sie auf zu zappeln.

Wie heißt du denn?, fragt sie das kleine Mädchen, das sie die ganze Zeit über mit offenem Mund angestarrt hat.

Keine Antwort.

Wie heißt sie denn?, fragt die Fixerin die Mutter. Sardinendose, antwortet die Königin aus Mali. Oh, das ist aber ein hübscher Name. Ich heiße Handbremse. Und du, wie heißt du?, will die Fixerin von Ida wissen.

Ich heiße Ida, sagt Ida, der es immer schrecklich an Geistesgegenwart mangelt. Aber du kannst mich Zuckerhut nennen, wenn du willst, fügt sie schnell dazu, um nicht ganz so dumm dazustehen. Die schwarze Königin wirft ihr einen gleichgültigen Blick zu.

Es ist immer dasselbe: Mühsam versucht Ida, mit dem Strom zu schwimmen und sich in das soziale Gefüge einzuordnen, und jedesmal geht es daneben.

Krieg und Frieden

Der Frieden ist ein Krieg, den man in sich hineingefressen hat. (Vor großen Sprüchen und Maximen schreckt Ida nicht zurück.)

Anders ausgedrückt, wir lieben uns nicht, warum sollten wir auch, wir sind nun einmal da, niemand hat uns gefragt, ob uns das passt, und jetzt gilt es, sich durchzuwursteln, schlecht und recht, doch leider nimmt der Mitmensch einen übergroßen Platz ein auf der Erde, und je mehr man sich gezwungen sieht, einen Bogen um ihn zu machen, um so weniger schätzt man ihn schließlich, und am Ende schätzt man ihn überhaupt nicht mehr, was wollen Sie, die übergroße Nähe macht aggressiv, und so schlägt man eben um sich, und wenn man ausnahmsweise einmal nicht um sich schlägt, so würde man doch gerne, immer lauert eine Faust in der Tasche, behaupten Sie nicht das Gegenteil. Übrigens behauptet niemand das Gegenteil. Jeder ist einverstanden: Dem Krieg, hat man ihn nun in sich hineingefressen oder nicht, entkommt man nicht. Das Hineinfressen ist gar nicht gut, sagt ein Psychoanalytiker. Alles Hineingefressene muss augenblicklich erbrochen und an den Tag geholt und gelüftet werden. Meistens langt das schon, damit nichts mehr davon übrig bleibt. Da zieht Ida ihre Faust aus der Tasche.

Hier haben wir eine Schnecke

Man kann die Menschen unterteilen in Leichtgläubige, Ungläubige und Skeptiker. Ida zählt sich zu den Letzteren, obwohl es ihr an gutem Willen nicht mangelt.

Zugegebenermaßen übersteigt so manches die Vorstellungskraft: Regen, Sahnetorte, Fernseher, um nur davon zu reden. Sogar leichtgläubigeren Frauen als Ida und vielleicht sogar Männern soll es gelegentlich passieren, dass sie eine Schnecke verdächtig finden. Denn wer auch nur ein bisschen nachdenkt, dem wird unweigerlich klar, wie unwahrscheinlich die Existenz einer Schnecke ist. Wie alle Ungläubigen und Skeptiker beneidet Ida natürlich die Leichtgläubigen. Wie bequem muss es sein, sich zu sagen, hier haben wir eine Schnecke, hier eine Autobahnraststätte, hier einen englischen Rasen und hier sitzt eine Dame auf einem Herrn. Zum Beispiel.

Auf nichts ist Ida mehr bedacht als auf Genauigkeit. Wenn sie sich in einem Wort geirrt hat, tut sie drei Nächte lang kein Auge zu. Nach dem richtigen Ausdruck zu suchen, ohne ihn zu finden (sei es, dass es ihn nicht gibt, sei es, dass sie ihn nicht kennt), ist ihr eine Qual. Wenige Menschen leiden wie Ida unter dem grundsätzlichen Mangel an Übereinstimmung zwischen den Dingen und Empfindungen einerseits und deren Bezeichnung andererseits. Die Sprache kommt Ida vor wie ein Schrank, vollgestellt mit zusammengewürfeltem Geschirr, Topfdeckel in der falschen Größe, Untertassen, zu denen es keine Tassen gibt, Muster, Materialien, Stil- und Geschmacksrichtungen aller Art. Jeder gedeckte Tisch ähnelt unweigerlich einem Flohmarktstand.

Einmal hat Ida in den Nachrichten einen Bericht über den Heimtransport der Leiche Lady Dianas gehört. Prinz Charles hat soeben die sterblichen Überreste der Prinzessin von Wales nach England zurückgebracht, ich meine, -begleitet, sagte der Reporter. Das eine war richtiger, das andere höflicher. Zwar ist der Unterschied zwischen einem lebenden und einem leblosen Körper allgemein bekannt, doch will es die Schicklichkeit (eine große

Feindin der Genauigkeit), dass die Verstorbenen, selbst wenn sie nur noch Asche oder Knochen sind, nicht zu den Gegenständen gezählt werden. Es braucht nicht erst gesagt zu werden, dass Ida unerbittlich gegen diese Art der Anstandsgrammatik einschreiten will, die nur zusätzliche Verwirrung stiftet unter den Menschen.

Leib und Seele

Der Schädel schützt jene glibberige, leicht nach Haselnuss schmeckende Masse, in der die Persönlichkeit zu Hause ist. Während im restlichen Körper Hartes (Knochen) zwecks Milderung der Erschütterungen in Weichem (Fleisch) steckt, hat der Kopf das Weiche nach innen und das Harte nach außen gedreht. Außer Ida ist diese Umkehrung noch niemandem aufgefallen (wenn doch, dann schreiben Sie an den Verlag, der Ihre Post weiterleitet). Hart und weich als Demarkationslinie zwischen Leib und Seele. Der Leib ist gepolstert, die Seele gepanzert. Und warum, sagen Sie?

Einmal aufgebrochen, gibt der Schädel seinen zarten Inhalt frei. Ist es nicht merkwürdig, wundert sich Ida, dass das entblößte Gehirn die Form eines Labyrinths hat?

Ida weiß sich keinen Rat

Wenn es irgendjemanden gibt, der keinen Ärger sucht,
dann ist es Ida. Nun ist es aber leider so – gleich, ob es
sich nun um Ärger, Katzen, Glück oder sonst was handelt –, dass die Nichtsuchenden leichter finden als die
Suchenden. Mehr als einmal war Ida so weit, dass sie
weder ein noch aus wusste. Im besten Falle ein, aber
nicht aus. Also hat sie ohne Ausweg weitergemacht.
Fragen Sie mich nicht, wie sie es anfing. Sicher ist, dass
sie neugierig war zu sehen, ob andere mehr Glück beim
Auswegsuchen hatten als sie selbst. Hatten sie natürlich nicht, merkte Ida schnell. Trotzdem setzte sie ihren ganzen Ehrgeiz daran, diejenigen zu beobachten, die
die Schwierigkeiten des Lebens am besten zu bewältigen
schienen, und es dauerte nicht lange, bis sie feststellen
musste, daß diese noch ärmer dran waren als die anderen. Das war Ida allerdings auch keine große Beruhi-
gung. Zu guter Letzt sagte sie sich: Gut. Ich weiß mir
keinen Rat. Die anderen wissen sich auch keinen Rat.
Ich brauche ja nicht gleich ein Drama daraus zu machen.
Und in der Tat hat sie kein Drama daraus gemacht, genau-
genommen hat sie gar nichts daraus gemacht und sich
nur weiterhin keinen Rat gewusst, die anderen wahr-

scheinlich auch nicht, aber das war Ida egal, und man kann sagen, dass die Lage ziemlich unverändert geblieben ist. Und doch hatte Ida das Gefühl, einen großen Schritt vorwärts getan zu haben. Natürlich hat das nicht lange vorgehalten, und außerdem handelte es sich nicht um diese Art Schritt, mit der man ein oder aus findet, falls es diese Art Schritt überhaupt geben sollte. Trotzdem, es war besser als nichts, und war es nicht besser, so war es immerhin mal etwas anderes.

La dolce vita

So mancher leistet sich eine Putzfrau. Einen Chauffeur. Einen Gärtner. Andere geben ihre Wäsche zum Bügeln weg. Verbringen ihren Urlaub in der Karibik. Fliegen zum Shopping nach New York. Nicht so Ida. Ida kommt prima ohne diese kleinen Annehmlichkeiten aus.

Stattdessen leistet sie sich eine ganztags beschäftigte Hausangestellte namens Paddie, die nichts zu lachen hat. Paddie ist Idas Double.

Sie ist es, die jeden Morgen an Idas Stelle ins Büro fährt, dem Herrn Direktor guten Tag sagt, die stempeln geht, wenn sie Ida gefeuert haben, zum Arzt, wenn Ida krank ist (sie hat sogar eine Woche im Krankenhaus gelegen, als Ida den Blinddarm herausgenommen bekam), die abendelang vor dem Fernseher hockt, die Kreuzworträtsel löst und im Supermarkt Schlange steht, die Sartre und Heidegger liest und in Vernissagen Schreie des Entzückens unterdrückt. Sogar in den Gottesdienst würde sie sonntags gehen, wenn es sein müsste. Ida macht alles andere, nämlich ausschließlich das, wozu sie Lust hat.

Der Himmel auf Erden.

Von schwarzen Löchern im Hausgebrauch

Wollen sie einen Gegenstand loswerden oder eine Mordlust oder ein schadhaftes Organ, benutzen die meisten Leute einen Abfalleimer, einen Pfarrer oder einen Arzt. Ida hingegen verfügt zu diesem Zweck über schwarze Löcher, die sie in verschiedenen Ecken ihrer Wohnung verteilt hat. Die den Astronomen wohlbekannten schwarzen Löcher schlucken jegliche sich ihnen nähernde Materie. Ida hat sich auf diese Weise schon so manchen unliebsamen Besuchers entledigt, von schlechten Launen ganz zu schweigen. Diese werden augenblicklich in die Nähe eines schwarzen Loches geschickt, und hopp! schon sind sie nur noch eine ungute Erinnerung. Nun heißt es, die ungute Erinnerung loszuwerden. Geh und lass dich schlucken, sagt Ida zu ihr, und die ungute Erinnerung gehorcht. Und so geht es weiter mit allen unguten Erinnerungen, die ihr durch den Kopf gehen. Hat sie dann endlich nur noch gute Erinnerungen, so werden auch diese eine nach der anderen in Richtung eines schwarzen Loches geschickt, denn was gibt es Langweiligeres als eine Sammlung guter Erinnerungen ohne die kleinste schlechte Erinnerung zum Ausgleich. Nun sieht Ida schon etwas klarer. Aber das Aufräumen fängt gerade erst an. Die Angst, Idas übermäßig große Angst, wird eingesaugt. Ihr folgt ein Mitglied der Académie française. Der Rasenmäher der Nachbarn. Der kleinste traurige Gedanke wird gleich nach seiner Geburt beseitigt, ebenso wie die Fröhlichkeit, wenn sie aus der Nähe betrachtet gar nicht so fröhlich ist. Ida atmet auf.

Natürlich ist zu beachten, dass die schwarzen Löcher nichts wieder hergeben. Man sollte sich schon seiner Sache sicher sein, bevor man sie mit jeder kleinen Sorge füttert. Man kann nie wissen, wozu so eine Sorge noch mal gut sein kann.

Ida und die Elektronen

An dem Tag, an dem sie erfuhr, dass das Schicksal nur eine Frage der Geschwindigkeit ist, hörte Ida auf, sich unnütz abzumühen.

Nehmen wir die Elektronen, hatte ihr jemand gesagt, der bestens informiert war. Es genügt, diese bis über die Lichtgeschwindigkeit hinaus zu beschleunigen, und sie sind wieder an ihrem Ausgangspunkt zurück, noch bevor sie überhaupt aufgebrochen sind. Und was für das Elektron gilt, gilt selbstverständlich auch für den Menschen, der ja bekanntlich aus lauter Elektronen besteht. Also wenn ich morgens runterlaufe, um Brötchen zu holen, sagte sich Ida, dann bin ich in einer höheren Geschwindigkeit schon längst wieder zurück, auch wenn ich trotzdem keine Brötchen unterm Arm habe.

Seit sie den Trick begriffen hat, sieht Ida beim besten Willen nicht ein, warum sie sich weiter abstrampeln sollte. Sie bleibt den ganzen Tag im Bett liegen; manchmal – ganz selten – bewegt sie den Arm etwas. Von Zeit zu Zeit steht sie auf, um Jenny anzurufen, greift zum Telefonhörer, und plötzlich erinnert sie sich daran, dass dieser Anruf in einer höheren Geschwindigkeit bereits der Vergangenheit angehört. Also legt sie wieder auf.

So ist das Leben nicht gerade sehr lustig, seit die Wissenschaft sich des Fatums bemächtigt hat. Die Elektronen haben die Macht ergriffen. Was soll aus uns werden? Man fragt sich, warum der liebe Gott sich sechs Tage lang abgerackert hat, um die Welt zu schaffen, wo er sie doch eigentlich (in einer höheren Geschwindigkeit, versteht sich) schon seit Urzeiten fertig hatte. Wahrscheinlich war Er kein großer Wissenschaftler.

Ersatzteile

Regelmäßig zerfällt Ida in ihre Einzelteile. Tag für Tag, Woche für Woche machen sich ihre Organe, eines nach dem anderen, aus dem Staub. Sie ständig auszuwechseln kommt leider recht teuer. Meistens begnügt Ida sich deshalb mit einer neuen Haut, um ihr inneres Elend vor Blicken zu schützen. Das Rückgrat ist in fünfundzwanzig Jahren nur einmal erneuert worden und droht, nicht mehr lange durchzuhalten. Dasselbe gilt für die Schulterblätter. Herz und Magen dagegen werden alle zwei, drei Tage ausgewechselt, so groß ist hier der Verschleiß. An Hand- und Fußgelenken hat Ida einen ganzen Vorrat im Schrank. Die Augäpfel liegen im Keller auf langen Regalen. So weit, was das Allernötigste angeht.

Aber auch an Luxusartikeln hat Ida einen starken Verbrauch. Der gute Mut geht am schnellsten weg, die Geduld muss lastwagenweise geliefert werden, nur die Angst ist immer reichlich vorhanden. Aber was braucht es an Tatkraft! An Lebensfreude! Davon ist meistens nicht viel im Haus.

Ida in der Peepshow

Hinter zwölf blinden Spiegellauben vierundzwanzig scharfe Augen. Die Bühne dreht sich zum Cha-Cha-Cha, und wer steht drauf? Ida.

Ihre teuflischen Wölbungen sind in roten Samt gegossen. Ida ist Torero und somit eine Herausforderung für das ihr gegenüberstehende Rhinozeros. Des Dickhäuters Horn steckt in einem Kondom, welches in goldenen Buchstaben den (leider unleserlichen) Namen eines Sponsors trägt. Das Tier bewegt sich um eine Fingerbreite vorwärts. Ida auch. Mit Blicken misst und tastet man sich ab, um Millimeter schiebt man sich vor. Dann setzen sich die grauen Hautwülste in Bewegung, stürzen geneigten Kopfes und waagrechten Horns auf ihre rote Gegnerin zu. Das Rhinozeros trompetet. Beim Aufprall werden in den Kabinen die Taschentücher gezückt. Ein Lautsprecher überträgt die laotische Nationalhymne. Das Licht geht aus.

Eine halbe Minute später: Hinter zwölf blinden Spiegellauben vierundzwanzig scharfe Augen. Die Bühne dreht sich und so fort, Ida steht am gleichen Ort.

Von irgendwas muss man ja schließlich leben.

Praktischer Sinn

Ida findet, dass ein Gegenstand nützlich zu sein hat. Nichts ärgert sie mehr als Nippes jeglicher Art, Vitrinen voller staubiger Porzellanfiguren, Geschirrschränke, in die Teller nicht gestapelt, sondern gestellt werden. Wenn es nach Ida ginge, gäbe es schon lange keinerlei Dekoration mehr. In der Zweckmäßigkeit sieht sie der Dinge höchstes Ideal.

Neulich las sie in der Zeitung, ein Brite habe in seinem Testament den Wunsch geäußert, seine Asche solle in eine Eieruhr abgefüllt werden und so seiner Witwe helfen, weiche Eier zu kochen, was ihr zu Lebzeiten ihres Mannes nie richtig gelungen war. Ida war voller Bewunderung. Welch eine schöne Erfindung! Endlich sollen die tristen, platzraubenden Urnen von unseren Kaminsimsen verschwinden. Küchengeräte braucht der Mensch! Die Aschenuhren könnten sogar geschmacklich der Wohnungseinrichtung angepasst werden. Als rustikale, Jugendstil- oder Hightech-Eieruhr könnte sich der Verstorbene jeden Morgen nützlich machen, indem er erstens daran erinnert, dass die Zeit verfließt und unaufhaltsam ihrem Ende zugeht, und zweitens, dass die Eier abgeschreckt werden müssen.

Arme Reiche

Ida versteht nichts von Politik. Von Wirtschaft noch weniger. Alles, was sie kapiert hat, ist, dass die Reichen sich bereichern mit dem Geld, das sie den Armen stehlen. Das ist so kompliziert natürlich nicht. Arme und Reiche stehlen gerne, wenn auch in unterschiedlichen Größenordnungen. Die Armen berauben sich meistens untereinander, was ihnen natürlich nicht besonders viel einbringt. Manchmal gelingt es ihnen, einen Reichen zu berauben, aber davon wird der Reiche noch lange nicht arm. Die Reichen stehlen in Maßstäben, die zu ihrem Reichtum passen. Von Gerechtigkeit kann dabei keine Rede sein, aber immerhin von einer Art stabilem Ungleichgewicht.

Von den Ersteren ist es wirklich zu freundlich, dass sie sich von den Letzteren immer weiter berauben lassen, zumal sie eindeutig in der Überzahl sind. Auf der anderen Seite haben sie keine Wahl und noch weniger Zeit zum Nachdenken: Die Dummköpfe müssen jeden Tag etwas in den Bauch bekommen.

Zugegebenerweise hat Ida nicht die geringste Idee, wie dieses schluchtenartige Gefälle aufzuheben wäre, auf dem die Ökonomie errichtet scheint. Vielleicht geschieht ja bald ein Wunder. Oder die Elenden wachen noch mal auf. Ida schlägt vor, in der Zwischenzeit ein Gesetz zu erlassen, das ihr zur Erhaltung der öffentlichen Ordnung unerlässlich erscheint: Jeder Arme soll verpflichtet werden, mindestens einmal in seinem Leben einen für Vornehme und Reiche vorgesehenen Ort zu besuchen (zur Wahl stehen Hotels, Restaurants, Golfclubs usw.). Er würde mit eigenen Augen sehen, was die feinen Leute doch für triste Gestalten sind und wie sie vor Langeweile fast umzukommen scheinen. Na gut, sagt Ida, ich gebe zu, dass es sich hierbei nur um eine provisorische Lösung handelt. Falls ein Politiker eine bessere Lösung haben sollte, braucht er sich bloß zu melden.

Gedächtniskrater

Versucht Ida, sich an ihr Leben zu erinnern, so sieht sie eine Mondlandschaft, deren Krater ihre Erinnerungen sind. Ereignisse, Lektüren, Liebesgeschichten haben statt Abdrücke Löcher hinterlassen.

Ida versucht sich damit zu trösten, dass die Gegenwart ja schließlich überall gepriesen wird. Man soll in der Gegenwart leben, die Gegenwart genießen, wahrscheinlich auch in der Gegenwart sterben. So betrachtet, wäre Ida mit ihrem durchlöcherten Gedächtnis eigentlich ein Glückspilz: Ihre Vergangenheit trägt sie nicht. Würde sie versuchen, auch nur gelegentlich einen Fuß darauf zu setzen, sie bräche augenblicklich ein.

Also lebt sie gezwungenermaßen in der Gegenwart, obgleich ihr der allgemeine Gegenwartskult im Grunde zuwider ist. Bevor sie sich mit Leib und Seele einer Gegenwart ausliefert, die sie nicht im Griff hat, würde sie lieber in der angeblich vielschichtigen Vergangenheit leben. Wie schön muss es sein, ein Gedächtnis zu haben, sagt sich Ida. Da kann man sich in die mildesten Gegenden zurückziehen und dunkle Ecken und Sümpfe meiden.

Ohne Gedächtnis muss sie leider auf diese Annehmlichkeiten verzichten. Und da sie es ablehnt, sich widerstandslos in die Hände der Gegenwart zu begeben, schlägt sie ihre Zelte in zeitlichen Freizonen auf, von denen niemand je etwas gehört hat und von denen sie selbst nicht so genau weiß, auf welcher Seite der Gegenwart sie eigentlich liegen.

Natürlich sieht es die Zeit nicht sehr gerne, dass man sie versetzt, aber was soll man machen, wenn man da, wo andere ein Gedächtnis haben, einen Teppich aus Löchern besitzt?

Wenn man sich überlegt, dass zwei erwachsene Menschen, die dem Anschein nach gesunden Verstandes und zu hochkomplizierten Überlegungen in der Lage sind, die Schach spielen können und Aktien kaufen, dass diese erwachsenen Menschen also Spaß daran haben, sich im selben Zimmer auszuziehen und in einem Bett oder auf dem Boden dicht nebeneinander zu legen, so ist das an sich schon sehr merkwürdig. Aber dabei belassen sie es nicht. Sie verschachteln sich und zappeln eine Weile hin und her, wie ein frisch aufgezogenes, groteskes Spielzeug. Ihre Körpertemperatur steigt, bald baden sie in Schweiß. Sie flüstern sich gegenseitig unverständliche Kosenamen ins Ohr. In einem beunruhigenden Trancezustand versinkt der Mann in der Frau, verschwindet in ihr, taucht wieder hervor und so weiter, das Spielzeug geht durch, die Gesichter laufen blutrot an, dann werden Schreie ausgestoßen, und zwei Minuten später ist man wieder zurück in einer Welt, in der es Fernbedienungen und chinesisches Porzellan gibt und man per E-Mail miteinander verkehrt.

Am besten versucht man, sich die Situation nicht auszumalen, meint Ida. Das Ganze ist wirklich zu lächerlich.

Wenn es schon sein muss, geben wir uns wenigstens Mühe, nicht daran zu denken.

Leicht gesagt.

Das Idaphragma

Um gegen ihre häufigen Anfälle schlechter Laune vorzugehen, hat Ida ein Gerät entworfen, das den kleinsten düsteren Gedanken zurückdrängt, noch bevor er richtig groß werden kann. Der Apparat trägt sich wie ein Gürtel etwas unterhalb der Brust. Hinten ist ein Stiel befestigt, der an der Wirbelsäule entlangführt und den Benutzer im Nacken kitzelt. Für diejenigen, die sich zu gut gelaunt finden und gerne in den Genuß jener gewissen Traurigkeit kommen wollen, von der sie sich ein intensiveres Lebensgefühl versprechen, kann die Maschine auch die entgegengesetzte Wirkung ausüben. Wer sich vor Alpträumen schützen will, kann das Idaphragma sogar nachts anbehalten. Für Fans von Horrorfilmen ist die »Alptraum-Integral-Ausführung« verfügbar, die nur die grausigsten Träume durchlässt. Ein weiteres Modell, das das Filtern und Absondern idiotischer Einfälle ermöglichen soll, wird gerade in Idas Labor geprüft. Das Idaphragma ist in allen Apotheken und guten Drogerien erhältlich.

Ida liebt nur einen Menschen auf der Welt, und zwar ihre Großmutter. Sehr oft sehen sich die beiden nicht, denn aus der Ferne liebt Ida noch am besten. (Was das betrifft, ist sie übrigens keine Ausnahme: Aus der Ferne wäre man in Momenten der Euphorie fast geneigt, die menschliche Spezies insgesamt zu lieben.) Ihre Großmutter ist eine elegante kleine Person, die grundsätzlich kein Blatt vor den Mund nimmt. Ida liebt sie innig und würde alles tun, um ihr Unannehmlichkeiten zu ersparen oder sie vor zahlreichen Gefahren zu schützen (dieselben, die jedermann drohen).

Wenn Ida an ihre liebe Großmutter denkt, könnte sie zum Beispiel den Apfelbaum vor sich sehen, unter dem sie nach dem Essen ihr Mittagsschläfchen hält, oder ihren leckeren Zwetschgenkuchen. Tut sie aber nicht. Stattdessen ist die Großmutter jedesmal, wenn Ida an sie denkt, dabei, sich mit dem Kaffeewasser zu verbrühen, während sadistische Einbrecher sie überfallen und in Stücke schneiden. Zum Schluss fällt die alte Dame noch von einem Dach, auf das sie Gott weiß wie gekrabbelt war, alsdann wird sie vergiftet, vergewaltigt und von Skinheads misshandelt, die ihr Bierflaschen in die Rippen stoßen. Und immer sieht Ida das geliebte, vor Schmerz und Schrecken furchtbar verzerrte Gesicht vor sich. Währenddessen ist Idas Großmutter dabei, für ihre Enkelin ein Paar himmelblaue Handschuhe zu stricken. Zu gerne würde Ida gar niemanden lieben, aber man sucht sich's ja nicht aus, nicht wahr, und die Großmutter sucht man sich am allerwenigsten aus. Das darf doch nicht wahr sein, dass man uns so was wie die Liebe aufgehalst hat, schimpft Ida. Wer hat sich das bloß einfallen lassen. Wirklich das Letzte.

Weltfinsternis

Weder die äußeren Umstände (drohendes Gewitter, volle Metro, Smogalarm) noch die inneren (Liebeskummer, Bärenhunger, Hundeelend) scheinen eine Rolle dabei zu spielen. Wer (der liebe Gott?) oder was dahintersteckt, ist ungewiss, aber die Tatsache ist nicht von der Hand zu weisen: Die Welt verschwindet in regelmäßigen Abständen aus Idas Bewusstsein. Da ist weder Himmel mehr noch Ampel, weder Zaunkönig noch Nachbar. Noch nicht mal schwarze Luft stattdessen. Gar nichts. Absolut – nichts.

Offenbar ist es nun aber so, dass die Welt derweilen treu weiterexistiert. Wenigstens trifft Ida nach den Bruchteilen von Sekunden, die die Weltfinsternis andauert, alles unverändert wieder an. Niemals nützt die Welt eine Finsternis aus, um sich etwa zu verbessern. Verschlechtern tut sie sich allerdings auch nicht, das muss man ihr lassen.

Was ist schon Besonderes dabei, höre ich Sie sagen, wenn die Welt verschwindet und wieder auftaucht, als hätte jemand auf einen Schalter gedrückt. Nichts weiter, wahrscheinlich. Und doch wäre so eine Weltfinsternis imstande, solidere Naturen als Ida aus dem Gleichgewicht zu bringen. Ida hat nämlich nach einer gewissen Anzahl von Weltfinsternissen gemerkt, dass die Welt sich nur aus ihrem eigenen Bewußtsein verflüchtigt und der Rest der Menschheit durchaus nicht derselben Naturkatastrophe zum Opfer fällt. Da wird es plötzlich ganz schön leer um einen herum, wenn der gewohnte Inhalt des eigenen Bewusstseins einen schlagartig im Stich lässt. Totale Weltfinsternis. Spaßig ist das nicht gerade, sagt Ida, das können Sie mir glauben.

Qual der Wahl

Der große Luxus, den Ida sich leistet, ist ihr Vorrat an Köpfen. Sie besitzt Tausende von Köpfen, die bereit sind einzuspringen, sobald sich eine geeignete Gelegenheit bietet: Einen Tischtennisball für lustige Tage; für die schwierigen Entscheidungen eine Zitrone; einen Kürbis, wenn sie am Vorabend zu viel Côtes du Rhône getrunken hat; für im Rücken ausgeschnittene Kleider eine Ananas; will sie für eine bedeutende Persönlichkeit mit zu hohem Blutdruck gehalten werden, eine Aubergine; eine Kaffeemühle um drei Uhr morgens; einen Seeteufel, um der Nachbarin aus dem dritten Stock einen Schreck einzujagen; für die psychiatrische Klinik eine schweizerische Bahnhofsuhr; eine Boa constrictor für Idas Verehrer; zum U-Bahn-Fahren ein hartgekochtes Ei; für Militäraufmärsche den Kopf ihres Großvaters Friedrich; einen Schwamm, dessen Benutzung sich oft von selbst anbietet; zum Schlafen einen Zeppelin; für Politversammlungen ein Bügeleisen; ein Sägeblatt, wenn Ida bei schlechter Laune ist; für sonntags einen Korken; einen Rubin, um etwas zu sagen, aber was?; eine Kristallkugel für die Kirmes; für die Uni eine Nuss; zum Abschiednehmen einen Kometen usw. usw.

Andere besitzen schränkeweise Pelzmäntel oder Diamanten. Ida häuft in aller Bescheidenheit Köpfe an, aber davon hat sie wirklich mehr als genug. Manchmal findet sie sich selbst nicht mehr zurecht.

Wie viel darf's denn sein?

Vor einigen Jahren haben wir in Westeuropa den hundertsten Todestag Gottes begangen. Nach einem langen Todeskampf hat Er uns in der Tat am Ende des vorigen Jahrhunderts endgültig verlassen. Seitdem sagt man uns tagtäglich das allmähliche Verschwinden der gläubigen Christen und als logische Folge das der Kirche voraus. Tatsächlich aber sieht man nur recht selten eine Kirche ihre Tore schließen, und wenn man mal eine betritt, stößt man fast immer auf betende Menschen. Zudem ist der Vatikan reicher denn je. Man darf sich also berechtigterweise fragen, woher die Kirche ihre Vorräte an Glauben bezieht. Wie mancher unter uns hat Ida schon viel über dieses Thema nachgedacht, bis sie gestern endlich – übrigens ganz zufällig – hinter das Geheimnis gekommen ist. Während eines nächtlichen Spazierganges durch eine der reizenden, halb der Industrie, halb den Schlafbedürfnissen ihrer Einwohner gewidmeten Pariser Vorstädte (es handelt sich um Arcueil, falls jemand Idas Bericht anzweifeln sollte), fiel ihr vor der Kirche Saint-Thomas-d'Aquin ein Laster auf (kein verwerfliches Neutrum etwa, sondern ein dicker männlicher Laster), bei dem es sich allem Anschein nach um einen

Tankwagen handelte. Aus dem Fahrzeug kam ein dicker schwarzer Schlauch heraus, dessen Ende in der Kirchengruft verschwand. Offensichtlich nützte der Pfarrer von Saint-Thomas-d'Aquin die späte Stunde, um unauffällig Glauben zu tanken.

Bleibt nur noch die Frage, wo das Hauptlager liegt, von dem aus Lastwagen Nacht für Nacht das ganze Land mit Glauben versorgen. Jetzt, da sie ein Indiz in der Hand hat, will Ida ihre Ermittlungen unbedingt zu Ende führen. Gott (Er habe Sich selig) weiß, was noch auf sie wartet.

Beim Frauenarzt

Der gute Doktor leuchtet Ida zwischen die Beine und schnappt nach Luft. Eine Frau mit drei Scheiden, das ist ihm in seiner fünfunddreißigjährigen Karriere noch nicht vorgekommen. Jede der drei Scheiden Idas wird unauffällig von einer rosa Klitoris überragt. Obwohl diese eigentümliche Knopfreihe recht brav und züchtig aussieht, hat sie doch etwas Verwirrendes, selbst für einen so erfahrenen Arzt wie den, mit dem wir es hier zu tun haben. Es entgeht ihm natürlich nicht, dass über das dreifache senkrechte Lächeln der Schamlippen ein einziger autoritärer After herrscht. Wie Schiva den Fächer ihrer Arme ausbreitet, so entfaltet Ida ihre drei Ursprünge der Welt.

Mit seinem vorsichtshalber in Gummi gehüllten Mittelfinger erforscht der Frauenarzt nacheinander voller Neugier die drei Münder des Rätsels. Dieses aber hält tapfer dem Ansturm der Wissenschaft stand und bleibt ungelöst. Wenn ich ein bisschen jünger wäre, sagt der Arzt, aber ein wenig halbherzig hört es sich schon an.

Wir sind die lustigen Totengräber

Das Angenehme an Ida ist ihre Ausgelassenheit. Ein keckes Feldblümchen ist das Mädchen, ein lustig plätscherndes Gewässer, ein Ball, der unermüdlich auf den Köpfen der einen und den Särgen der anderen auf- und niederhüpft. Um sie zum Lachen zu bringen, braucht es nicht viel. Und nichts findet sie belustigender als eine Beerdigung. Leider hat man ihr nahegelegt, in Zukunft doch den Bestattungen der Gemeinde nicht mehr beizuwohnen. Ihr Glucksen und Quietschen, ließ man sie wissen, störe die Feierlichkeit dieses in der Geschichte eines Menschen einzigartigen Augenblicks. Da stehen die trauernde Witwe und die vaterlosen Kinder, und in der zweiten Reihe wird Ida von einem nicht zu bändigenden Lachkrampf geschüttelt. An der offenen Grube hält sie sich den Bauch vor Lachen und neckt die Maden, sobald diese ihre Nasenspitze sehen lassen. Wie fühlt man sich denn so, will sie wissen, wenn man jemanden durchquert von einem Ende zum anderen, am großen Fußzeh geht man rein und am linken Ohrläppchen kommt man wieder raus? Man muss sich eben durchbeißen im Leben, sagen die Maden.

Ganz schön neugierig ist Ida. Und immer zu einem Spaß aufgelegt.

Ida vollbringt eine gute Tat

Gott sei Dank gibt es noch guterzogene Menschen, die unseren Großmüttern über die Straße helfen. Ida gehört leider nicht dazu. Sie hat eine dringendere Aufgabe gefunden.

Wissen Sie überhaupt, wie viele Kröten Jahr für Jahr auf unseren Straßen umkommen? Die armen Tiere sind aus erblichen Gründen gezwungen, nicht vom geraden Weg abzuweichen und folglich die Straße an den unmöglichsten Stellen zu überqueren. So verwundert es wenig, dass sie, sobald sie sich mit wenigen unsicheren und schwerfälligen Sprüngen auf die hinterhältige Fahrbahn gewagt haben, massenweise überfahren werden. Zu manchen Jahreszeiten sind unsere Straßen mit plattgewalzten Kröten nur so gepflastert. (Schon lange liebt der Mensch es, sein trautes Heim mit Tierfellen zu schmücken. Heute hat er diese Neigung auf die Asphaltwege ausgeweitet, die er gewissenhaft mit Miniaturhäuten schmückt.)

Ida ist fest entschlossen, dieser untragbaren Situation ein Ende zu setzen. Jeden Abend zur Hauptverkehrszeit stellt sie sich an eine besonders befahrene Kreuzung und hilft Dutzenden von Kröten über die Straße. Sobald sie eine Kröte gesichtet hat, geht sie auf sie zu, grüßt sie höflich und bietet ihr ihren Arm an, um sie heil auf die andere Straßenseite zu geleiten. Die Kröte ist misstrauisch und sieht Ida erst lange mit ihren vorstehenden Augen an, aber zu guter Letzt nimmt sie die freundliche Hilfe immer an. Es kann sogar passieren, dass so ein Kröterich sich unversehens einen Zylinder aufsetzt, um sich des unerwarteten weiblichen Geleits würdig zu erweisen.

Aus Höflichkeitsgründen geht es natürlich nicht an, die Frösche schubweise über die Straße zu bringen. Bei den Großmüttern kümmert man sich ja schließlich auch um jede einzeln.

Das Leben wird immer teurer

Jeden Tag staunt Ida, wie viel Geld man zum Leben braucht. Ein Paar Schnürsenkel, drei Mark fünfzig. Eine Artischocke, zwei Mark. Eine Whisky-Cola? Ida hat keine Ahnung, denn sie trinkt nie Whisky-Cola, aber billig kann das ja auch nicht gerade sein. Trotzdem begegnet man immer wieder Leuten, die es sich erlauben, einfach unverdrossen weiterzuleben. Draufgänger dieser Art laufen Ida täglich über den Weg. Auch hat sie ausgerechnet, wie teuer sie ihr eigenes Überleben täglich kommt (von Popcorn im Kino oder anderen Luxusartikeln ganz zu schweigen), und ihr ist ganz schwindlig geworden von dem Ergebnis. Seit Jahren lebte sie nun schon, ohne es sich erlauben zu können. Wie sollte sie aus diesem finanziellen Abgrund wieder hinausfinden?

Zum Glück hat eines Tages ein freundlicher Mensch Ida eine der Grundlagen der freien Marktwirtschaft erklärt: Je mehr Leute ein Ding haben wollen, sagte er, um so billiger ist dieses Ding. Seitdem geht Ida auf Werbekampagne, sobald sie ein bestimmtes Konsumbedürfnis verspürt, um so vielen Menschen wie möglich klarzumachen, dass sie dasselbe Bedürfnis haben wie sie selbst. Eine Bequemlichkeitslösung ist das natürlich nicht. Aber man kann ja nicht ewig über seine Verhältnisse leben.

Vom Reisen im Stand

Was einem den Spaß am Reisen verdirbt, ist nicht so sehr die Fahrt an sich als das unvermeidliche Ankommen. Ida hat sich deshalb für die Reise im Stand entschieden, eine der wenigen Arten von Tourismus, die ohne Ziel und folglich ohne Ortsveränderung auskommen. Ein leichtes Schwanken, ein kurzes Taumeln, und schon hat Ida Gebirgszüge und riesige Wüsten hinter sich gelassen. Ganze Ozeane überquert sie in Sekundenschnelle.

Wer im Stehen reist, umarmt mühelos die Erde. Reglos galoppiert er vorwärts, und die Staubwolken, die er hinter sich lässt, kämen jedem außer dem Reisenden selbst wohl unwirklich vor. Ida ist schon mit dem Zug, mit dem Bus, per Schiff, Metro und Düsenflugzeug, Fahrrad, Automobil, auf Schlitt- und Rollschuhen und im Segelflugzeug gereist. Das U-Boot hat sie noch nicht ausprobiert, aber so etwas Besonderes kann das ja wohl auch nicht sein. Im Stand dagegen ist man schneller als jedes Flugzeug, lautloser als jedes Segelboot. Anhalten kann man, wann man will, in zehntausend Metern Höhe oder nie.

Unterwegs begegnet Ida manchmal anderen Reisenden, aber meistens tut sie so, als bemerke sie sie nicht. Ida liebt es, im Stand und inkognito zu reisen.

Vermeintliche Gottlosigkeit

Ida gibt vor, nicht an Gott zu glauben. Sie lügt. Hier ist der Beweis: Jedesmal, wenn sie etwas Bestimmtes erreichen will, bürdet sie sich Mut- oder Kraftproben auf. Wenn ich es schaffe, den Boulevard Sébastopol vom Gare de l'Est bis zur Seine auf einem Bein hinunterzuhüpfen, ohne auch nur einmal den anderen Fuß auf den Boden zu setzen, dann ruft Zoran mich ganz sicher an. Wenn ich morgen früh um acht Uhr mit geschlossenen Augen die Stadtautobahn überquere, ohne überfahren zu werden, dann sterbe ich nicht an Lungenkrebs. Alles was Ida je erreicht hat, ist auf solche Heldentaten zurückzuführen. Sie ist auf den Mount Everest gestiegen; sie ist den Amazonas auf einer Luftmatratze runtergepaddelt; während einer Theateraufführung in der Comédie-Française hat sie von ihrem Platz auf dem dritten Balkon Lili Marleen gesungen; an einem Freitagnachmittag ist sie splitterfasernackt über den Place de la Concorde spaziert. Und das soll nichts mit Religion zu tun haben? Du bist doch wirklich eine kleine Lügnerin, Ida. Wen denn sonst als den lieben Gott willst du mit deinen Kunststücken beeindrucken?

Elephantwoman

Wo andere Beine haben, besitzt Ida ein Paar dicke, schlammfarbene Knollen, die sie von ihrer Mutter, einer eher fülligen Jamswurzel, geerbt hat. Statt Fußzehen wachsen ihr Rüben, aber einem Gemälde von Arcimboldo ähnelt sie deshalb noch lange nicht. Oberhalb der Schenkel ist es nämlich vorbei mit dem Pflanzenreich. Von vorne gesehen geht es zwischen Hüfte und Bauchnabel rein mechanisch weiter: Zahnräder greifen ineinander, Metallfedern geben dem Unterleib Elastizität. Zwei riesige, feuchte, wimpernlose Augäpfel nehmen den Platz der Hinterbacken ein. Alles andere besteht aus grünlichem, halb vertrocknetem, halb beweglichem Schwamm, der Kopf inbegriffen, der einem jener stacheligen Gummibälle ähnelt, mit denen Katzen gerne spielen. Die Augen sind hübsch anzusehen in ihrem blauen Plastikgehäuse. So eng an den Mund geschweißt, dass sie zum guten Teil darin verschwindet, versucht die Nase mit Erfolg, sich jeglicher Beschreibung zu entziehen. Ohren sind keine vorhanden, dafür beliebig viele Brüste und Geschlechtsteile. Wen wundert es da, dass Idas Verehrer ihr jede Nacht ein Ständchen halten?

Jaja

Wenn Ida etwas gefragt wird, nickt sie höflich und zischt ab. Auf diese Weise hat sie sich schon eine Menge Unannehmlichkeiten erspart. Ob sie nun begriffen hat, was man von ihr will, oder nicht (was entschieden häufiger vorkommt), sie nickt und verschwindet.

Sie sollten einmal an den Erwerb ihres Hauptwohnsitzes denken, sagt der Bankangestellte zu ihr. Ida nickt und zischt ab. Der Bankangestellte braucht ja nicht unbedingt zu wissen, dass sie die meiste Zeit über an unsichtbaren Orten weilt. Er wäre imstande, ihr Scheckheft und Kreditkarte wegzunehmen und womöglich das Kontoüberziehen zu verbieten. Schaut mich an, hätte Ida sagen können, wenn sie nicht Ida, sondern eine geschwätzige Wichtigtuerin gewesen wäre, ich bin und bleibe ungedeckt, und Eure Anteilnahme und -scheine gehen mich nichts an.

Bist du denn wirklich so pleite, wie du tust?, fragt eine Bekannte. Ich kenne da ein Cybercafé, ich glaube, die suchen jemanden, der ihnen den virtuellen Abwasch macht. Ida nickt und zischt ab. Würden Sie mich vielleicht heiraten?, fragt auf dem U-Bahn-Bahnsteig ein dreister junger Mann mit Halbglatze. Ida nickt und zischt ab, aber der junge Mann läuft ihr hinterher. (Bei ihren Bewerbern funktioniert Idas Methode nicht immer hundertprozentig.) Zu spät. Schon ist Ida verheiratet. Würden Sie vielleicht in die Scheidung einwilligen?, fragt noch im Standesamt der glückliche Bräutigam. Ida nickt und zischt ab, aber der Mann bleibt ihr auf den Fersen.

Ida hatte geglaubt, einen Trick entdeckt zu haben. Aber damit war's dann wohl nichts.

Idas Wette

Eins ist sicher: der Tod.

Weiterhin ist sicher, dass wir allem Ärger zum Trotz am Leben hängen, weil wir das untrügliche Gefühl haben, dass der Mensch, wenn er einmal tot ist, nicht unbedingt glücklicher ist; falls er überhaupt noch etwas ist. Folglich hätte man nichts dagegen, wenn das Leben andauern könnte, was man hat, hat man, und wie es weitergeht, weiß man nicht. Etwa als bliebe man bei bewölktem Himmel zähneklappernd am Strand sitzen, nur weil alle Viertelstunde mal die Sonne herauskommt. Bis sie dann endgültig verschwindet.

Das Allersicherste ist noch die Ungewissheit, in der wir stecken. Weder unserer kläglichen Existenz noch deren Ausgang können wir trauen, sind diese doch von keinem anderen als uns selbst ausgeheckt, d. h. benannt worden. Angesichts der Unzulänglichkeiten und Schwächen, die unser Wesen ausmachen, kommt es natürlich nicht in Frage, auch nur das geringste Vertrauen in unsere Erfindungen zu setzen.

Ich hab' eine Idee, schreit Ida plötzlich. Da nun mal alles so furchtbar ungewiss ist, sollten wir nicht einfach auf das setzen, was uns am besten in den Kram passt?

Mal sehen, was hätten wir denn gerne. Ein bißchen Liebe? Nein, ganz viel Liebe und Zärtlichkeit dazu, vor allen Dingen keine Armut, Armut hat so etwas Hässliches. Süßestes Leben ohne Ende, Unsterblichkeit ohne auch nur einen Tag der Langeweile, das wäre doch nicht schlecht, oder? Ich wette, dass wir uns Tod Krieg Krankheit Langeweile usw. eigentlich nur einbilden. Was haben wir schon zu verlieren? Wenn es gewisse Unzuträglichkeiten (siehe Tod) tatsächlich geben sollte – na gut, ein bisschen hatten wir ja schon damit gerechnet. Wenn aber nicht?

Ida fällt aus allen Wolken

Man stelle sich vor: Hier die Wolken. Dort Ida. Zwischen ihnen eine immer größer werdende Entfernung. Aus lauter Menschenfreundlichkeit erklären gewisse Stimmen Ida: Das ist das Leben, da mussten wir alle mal durch. Ida blickt daraufhin um und unter sich, ob nicht vielleicht diejenigen, die vor ihr hier vorbeigefallen sind, irgendwelche Spuren hinterlassen haben. Nichts. Ein Vakuum. So weit man hören kann, nichts als die beängstigende Stille der Galaxien.

Macht auch nichts, sagt sich Ida. Da bin ich eben aus allen Wolken gefallen. Auch nicht weiter schlimm. Was heißt schon »alle« Wolken. Es werden ja wohl nicht die einzigen Wolken des Universums gewesen sein. Ihr haltet euch wohl für den Mittelpunkt der Welt, brüllt sie in die Leere. Feuchte Wattebällchen wärt ihr ohne uns, so viel kann ich euch sagen! (Wenn sie gereizt ist, kann Ida manchmal recht verletzend sein.)

Von den großen Worten wird die Sache auch nicht besser, weisen dieselben Stimmen Ida zurecht. Das haben wir schon lange aufgegeben. Alles was dabei rauskommt, sind zusätzliche Strapazen.

Ida sagt gar nichts mehr und lässt sich fallen.

Kaiserin Ida

Sich mit Würde und Erhabenheit zu bewegen ist, wenn man Idas Anlagen hat, überhaupt kein Problem. Es genügt, beim Laufen die Füße ein paar Millimeter höher anzuheben als der gewöhnliche Spaziergänger, den Blick auf einen unsichtbaren Punkt am Horizont zu richten. Kopfhaltung: stolz, Blick: abwesend, Gesten: gewichtig. Ruhe, vor allem. Ruhe und Distanz.

Ida ist die geborene Kaiserin.

In ihrer Erdgeschosswohnung, einer ehemaligen, zum Kaiserpalast umfunktionierten Pförtnerloge, spaziert Ida gerne würdevoll umher, eine Hand ruht elegant auf der Taille, die andere hält die diamantenbesetzte Krone. Eine winzige Kopfbewegung, und die Menschenmenge teilt sich, ein kaum sichtbares Augenzwinkern, und der Tisch ist gedeckt und die ausgefallensten Speisen werden aufgetragen, bis der Morgen graut.

In Geschäften steht Ida bescheiden Schlange wie Sie und ich. Sie hat ihre Untertanen im Auge und ruft sie zur Ordnung, ohne je laut werden zu müssen. Idas große Stärke ist, daß die anderen nicht wissen, mit wem sie es zu tun haben.

Sterben?

Wenn man einmal geboren ist und nach monatelangen Anstrengungen endlich etwas klarer sieht, sagt Ida, wenn man gelernt hat, unbeholfen einen Fuß vor den anderen zu setzen, seine Exkremente nicht einfach in der Landschaft zu verteilen, mit Brotkugeln auf seine Klassenkameraden zu schießen, auf Bäume zu klettern, im Stehen und im Sitzen und im Liegen zu küssen und zu lieben, in Gesichtern und Büchern und Sternen zu lesen, Sinfonien zu komponieren, die Lüfte und die Meere zu durchqueren, wenn man erst mal alle Windungen des eigenen Gehirns und einiger anderer ausgekundschaftet, tausend Koffer gepackt und zehntausend Briefe geöffnet hat, von den Paketen ganz zu schweigen, nachdem man Liebes-, Abschieds- und Verzweiflungsbotschaften aller Art verschickt und empfangen hat, auf Tausende von Lichtschaltern gedrückt und Glühbirnen verschiedenster Stärke an- und ausgeschaltet hat, nachdem man begriffen hat, wie ein Auto, ein Mikrowellenherd und ein elektronischer Taschenkalender funktionieren, wenn man einmal Geld verdient, also gegen Zeit und Kraft eingetauscht hat, wenn man dieses Geld dann ausgegeben und an Menschen unterschiedlichsten

Alters und diverser Herkunft verteilt hat, wenn man Tee und Wein und Coca-Cola und sogar Asbach Uralt getrunken und in wechselnden Armen und meistens alleine geschlafen hat, nach all den Geschichten, die man sich selbst und anderen erzählt, nach den Tonnen von Formularen, die man ausgefüllt, den Blicken, die man gewechselt hat, nachdem man Körper und Seelen begehrt und Katzen und Hoffnungen genährt hat – meinen Sie wirklich, man sollte sich außerdem noch die Mühe geben, zu sterben?

Inhalt

Dem gesunden Menschenverstand traut Ida nicht über den Weg. Ihrer eigenen, unerschütterlichen Logik hingegen widersteht so schnell kein Problem. Sie ist zugleich scharfsinnig, naiv und unerbittlich – und ein kleines Ungeheuer mit starkem Drang zur Weltverbesserung. Ida durchdenkt und organisiert das Leben von Grund auf neu, und so wird es langsam erträglich.

Anne Weber, geboren 1964 in Offenbach, lebt als Autorin und Übersetzerin in Paris. Sie übersetzt sowohl aus dem Deutschen ins Französische (u. a. Wilhelm Genazino und Sibylle Lewitscharoff) als auch aus dem Französischen ins Deutsche (u. a. Pierre Michon und Marguerite Duras). Sie veröffentlichte ›Ida erfindet das Schießpulver‹, ›Im Anfang war‹, ›Erste Person‹, ›Besuch bei Zerberus‹, ›Gold im Mund‹, ›Luft und Liebe‹, ›August‹ sowie zuletzt den Roman ›Tal der Herrlichkeiten‹. Ihr Werk wurde mit zahlreichen Preisen ausgezeichnet, darunter dem Heimito-von-Doderer-Preis, dem 3sat-Preis, dem Kranichsteiner Literaturpreis. Anne Weber schreibt auf Deutsch und Französisch, ihre Bücher erscheinen in Frankreich und Deutschland.

Matthes & Seitz Berlin · Paperback · 075

Erste Auflage dieser Ausgabe 2025
Copyright © 2025
MSB Matthes & Seitz Berlin Verlagsgesellschaft mbH
Großbeerenstr. 57A, 10965 Berlin, Deutschland
info@matthes-seitz-berlin.de
Erstausgabe: 2012 S. Fischer Verlag GmbH
Alle Rechte vorbehalten, insbesondere die
Nutzung des Werkes für Text und Data Mining
im Sinne von § 44b UrhG.
Umschlaggestaltung: Pauline Altmann, Palingen
Druck und Bindung: GGP Media GmbH, Pößneck
Printed in Germany
ISBN 978-3-7518-4526-7
www.matthes-seitz-berlin.de